Pièce Couronnée.

INFLUENCE

DE LA

CIVILISATION CHRÉTIENNE

EN ORIENT.

Le nom du Seigneur doit être loué depuis le lever
du soleil jusqu'au couchant.   (*Ps.* cxii — v. 3.)

I

Non, des trésors fameux de sa fécondité,
Ton sol, malgré le temps, n'est pas déshérité,
Orient, et sur toi la sainte Providence
Épanche encor les flots de l'antique abondance.
Le Nil, comme un coursier qu'aiguillonne le mors,
Écume, se soulève, et, franchissant ses bords,
Verse aux plaines en feu son urne intarissable

Pour apaiser la soif qui dévore le sable ;
Dans le Gange sacré se mirent les palmiers,
Colonnes du désert, abris hospitaliers ;
La Perse a conservé ses parfums, ses ombrages ;
Le Sennaar lui-même a ses rians mirages ;
Stamboul est une almé qui voit nonchalamment
Le Bosphore à ses pieds s'arrondir mollement,
Et qui peut promener sa vague fantaisie
Des rives de l'Europe aux rives de l'Asie.

Mais sous l'aspect trompeur d'un printemps éternel
Mon regard a compté bien des rides profondes,
Plus puissant que le soc il a rouvert des mondes
Et mesuré la gloire à son niveau mortel.
Indolent héritier des mémorables âges,
Ne viens plus nous vanter un reste de beauté,
Car tu n'as pas gardé le souvenir des sages
Dont plane encor sur toi l'austère majesté !

Contrée où le soleil commence sa carrière,
Où la nuit la plus sombre a ses jets de lumière,
Qui n'eus point à combattre un ténébreux chaos,
A percer les forêts, à dessécher les eaux,

A créer une place où pût exister l'homme ;
Toi qu'en ses rêves d'or le poète renomme ;
Toi qui servis d'enceinte au céleste jardin
Et vis l'ombre de Dieu descendre sur l'Eden ;
Sais-tu que dans ton sein, vierge favorisée,
Le Seigneur répandait la manne et la rosée ?
Sais-tu que des héros ont frayé tes sentiers,
Que la prière armait tes prophètes-guerriers ;
Que l'Égypte eut Joseph, le Sinaï Moïse ;
Qu'un astre avant-coureur vers la Terre-Promise
Guidait un peuple entier pour lui marquer le but
Où se reposerait son arche de salut ?
Ta bouche a désappris les noms chers à Dieu même :
A peine entrevois-tu la vérité suprême,
Dix siècles vers tes bords ont porté notre foi,
Aujourd'hui seulement elle a reçu de toi
Des hommages forcés, à sa gloire inutiles,
Mais qui pour ton bonheur seront bientôt fertiles.

II

Ce fut un éloquent, un sublime tableau,
Quand Pierre, qui venait d'adorer un tombeau,

Ému d'un zèle ardent, qu'attestaient ses blessures,
Dit : « Ne regardez pas ces vaines meurtrissures ;
« Songez aux traits lancés par de vils ennemis
« Au Dieu que vous servez et pour qui je gémis,
« Au Dieu qu'en son orgueil la faiblesse défie
« Et que l'impiété sans cesse crucifie ! »
La foule se frappait la poitrine en pleurant ;
Le moine qui priait, se leva conquérant :
Sa voix fit retentir les vastes basiliques,
Dans leurs châsses d'argent s'émurent les reliques ;
Au ciel les confesseurs dirent en gémissant :
« N'était-ce pas assez, hélas ! de notre sang ? »
Et l'Europe cria : « Marchons, marchons, en frères !
« Rois, donnez-vous la main et suspendez vos guerres. »
Et depuis le manoir jusqu'au chaume sans nom,
Depuis le châtelain tenant le gonfanon
Jusqu'à l'obscur vassal qui n'offrait que sa vie,
La croix fut par la foule avec transport suivie,
Et vers cet Orient qui ne la craignait plus,
Labarum triomphal, conduisit les élus !
L'Orient convoqua ses hordes intrépides :
Le fer borna l'élan des cavaliers rapides ;
Le noir Égyptien, l'Arabe frémissant

Couvrirent de leurs corps les débris du croissant.
Sion, ville de deuil, par ses larmes flétrie,
Reprit sa harpe d'or aux saules d'Assyrie,
Et trois fois dans les airs on dit que résonna
Lorsque les preux chantaient, l'écho de l'hosanna!

Malheur! par Saladin Solime est reconquise;
Mais Louis combattra; fils aîné de l'Église,
Il part, et les barons, pressés autour du roi,
Agitent l'étendard d'un autre Godefroi.
Le ciel leur réservait la palme du martyre;
Dans ses pièges grossiers l'ennemi les attire,
La peste a redoublé l'angoisse de leur sort,
L'épée et le fléau précipitent la mort,
Et le sol où d'abord florissait l'espérance,
N'est plus qu'une prison pour les guerriers de France.
Louis est calme, il prie... et son front revêtu
D'une sérénité qui dompte l'anathème,
Paraît aux Sarrazins digne du diadème:
Vaincu par le hasard, vainqueur par la vertu,
Son nom se gravera sur ces brûlantes plages
Et toujours vénéré, traversera les âges.

Le vôtre est aussi pur, le vôtre est aussi beau,
Chevaliers de Saint-Jean qui gardiez un tombeau.
Égaux par le devoir, d'humble ou de haute race,
Sous la robe de lin vous portiez la cuirasse.
Vous n'aviez qu'un seul cœur, vous aviez mille bras!
Toujours prêts à passer des autels aux combats,
Vous tombiez sous le fer ou mouriez dans la flamme :
Modeste dévoûment que Dieu seul connaissait,
      Mais qui couronnait l'âme
      Quand le corps périssait!...

Ces preux que dans la nuit le temps a fait descendre,
Si les rois l'ordonnaient, renaîtraient de leur cendre
Et saisiraient encor pour des exploits nouveaux
Le glaive, compagnon de leurs pieux travaux.
Jésus ne tient-il plus les palmes éternelles?
Les anges sur le monde ouvrent-ils moins leurs ailes?
Et les hommes fervens que la foi visita
N'ont-ils plus leur fanal sur le mont Golgotha?
Comme un trésor sans prix la croisade latine
A ces Hospitaliers remit la Palestine :
Oh! parlez! Dieu le veut! Ils renaîtront soudain,
Sentinelles du Christ aux rives du Jourdain!

Mais si le roi Louis, quittant son héritage,
Alla chercher la mort aux lieux où fut Carthage ;
Si dans Byzance en feu le Turc à sa fureur
Immola sans pitié le dernier empereur ;
Si Rhodes à son tour, — cette île forteresse
D'où sortit tant de fois la foudre vengeresse, —
Perdit ses chevaliers, Spartiates chrétiens,
La charité du moins put rompre des liens :
Elle dompta la force et fit tomber les armes
Devant la croix du prêtre et son tribut de larmes.
Frères de la Merci ! — jamais nom respecté
Ne s'inscrira plus près de la Divinité...
Relevant par un mot le courage qui ploie,
Des ongles du lion ils arrachaient la proie,
Et ramenaient ensuite, heureux et triomphans,
Aux femmes leurs époux, aux mères leurs enfans.
Jamais la Charité n'eut un plus doux symbole :
Car ils touchaient les rois par des récits plaintifs,
Et du pauvre lui-même acceptant une obole,
Quêtaient par l'univers la rançon des captifs !
Leur immense tendresse étonnait l'infidelle :
Ni les lointaines mers ni la dure saison
Ne suspendaient leurs pas ou n'émoussaient leur zèle ;

Et souvent on les vit réclamer la prison
D'un esclave ignoré que sa longue souffrance
Avait dépossédé des biens de l'espérance,
Et qui se demandait, en entendant leur voix,
Si Dieu s'était fait homme une seconde fois !

III

Ah ! ne murmurez pas contre la loi divine :
Ses arrêts sont cachés, le juste les devine
Et lit dans l'avenir la victoire du ciel.
Quand aux lèvres du Christ on présentait le fiel,
Quand son précieux sang ruisselait sous la lance,
Et que sur Golgotha s'étendait le silence,
Eût-on dit que, deux jours seulement accomplis,
Le mort de son linceul déchirerait les plis
Et, maître de l'enfer, à la foule pieuse
Montrerait en partant sa face radieuse ?...

L'Éternel, quand l'erreur paraissait triompher,
Connaissait le moment qui devait l'étouffer.
L'Islamisme affaibli douta de son prophète :
Lui qui de la puissance avait atteint le faîte,

S'épuisa lentement sous des chefs énervés
Dans le fond du sérail mollement élevés.
Il aperçut le Maure exilé d'Ibérie,
Cherchant de ville en ville une ombre de patrie ;
Sa flotte en combattant sous les eaux s'abîma ;
Bouclier de la foi, Sobieski décima
Ses troupes sans valeur à périr condamnées :
Grandi de siècle en siècle, il tomba par années.
Une aigle vers le nord, à l'est un léopard
De l'Orient caduc prirent chacun leur part.
Mais ce monde ignorant, c'était peu de le vaincre :
Il fallait l'éclairer, il fallait le convaincre.

Un jeune capitaine, aux champs de Sésostris,
Voulut suivre les pas du héros de Tunis.
Ce guerrier ne sut point quelle vaste épopée
Il devait accomplir par la voix et l'épée ;
Mais il crut n'écouter qu'une secrète ardeur,
N'obéir qu'au transport dont bouillonnait son âme :
Le soleil sait-il bien pour qui brille la flamme
Que d'un de ses regards alluma le Seigneur ?

Terre des Pharaons, c'est de toi qu'il s'empare ;

Les clefs de l'Orient sont déjà dans sa main,
Et vainqueur chaque jour, chaque nuit il prépare
    La victoire du lendemain.

Mettant la confiance au cœur des plus timides
Quand la foule ennemie accourt de tous les points,
Il montre en souriant le front des Pyramides,
De son duel immense immobiles témoins !

L'Orient cède au chef que Dieu voulut élire ;
La nomade tribu salue avec délire
Cet astre européen à ses regards offert,
Et Médine a crié d'un accent lamentable :
    « Quel est ce lion redoutable
    « Qui n'est pas venu du désert ? »

Le héros n'est plus là : vers un autre rivage
L'emporte son destin, impétueux orage ;
Mais son pied sur le sable a laissé pour toujours
    Les vestiges de son passage,
Sa main a fécondé ce sol des anciens jours.

Un vieillard, dominant l'Égypte rajeunie,
Doit recueillir bientôt la moisson du génie.

Dans les sillons remplis du grain des gerbes d'or
Les races à venir pourront glaner encor :
Car Dieu ne voudrait pas que l'ivraie inutile
S'étendît sur le champ qu'il a rendu fertile...
Ce docile instrument de desseins ignorés,
Ce vieillard qui suivait les sentiers préparés
Et croyait ne devoir sa splendeur qu'au prophète
Quand d'un pouvoir plus grand il était l'interprète,
Ébloui du rayon que naguère a laissé
Le soleil d'Occident sur l'Égypte abaissé,
Admire par instinct cette clarté magique.
Il parle, et secondant sa pensée énergique,
De studieux enfans, par nos leçons formés,
Aux bienfaits du travail long-temps accoutumés,
Inoculent nos arts, nos mœurs à leur patrie,
Et transportent la France aux murs d'Alexandrie.
Le soldat obéit et règle enfin son pas :
Il sait même, immobile, attendre le trépas ;
Le désert s'est peuplé ; les accords des fanfares
Succèdent aux clameurs de milices barbares ;
Voyez à l'horizon les mâts de ces vaisseaux
Que l'on croirait sortis de l'abîme des eaux,
Voyez vers le Delta cette flotte qui brise

L'impétueux courant que la vapeur maîtrise :
Elle va rechercher l'origine du Nil
Et découvrir le fleuve au lieu de son exil.
Le ciel, quand il lui plaît, prodigue les miracles.
Mages, qui pour Isis réserviez vos oracles,
Vous avez tressailli lorsque de Jehova
Dans votre sombre nuit la lumière arriva.
Tout admire la loi dont l'esprit régénère,
Tout s'ébranle à la fois sur cette ancienne terre :
Les colosses de marbre et les sphinx de granit
Pensent que le présent à leur passé s'unit ;
Et les vieux Pharaons et les vieux Ptolémées,
Réveillés jusqu'au fond des couches embaumées
Qui les éternisaient dans les Nécropolis,
Rouvrent leurs yeux éteints, dressent leurs fronts pâlis
Et soulevant les blocs des sépulcres de pierre
Appellent le rayon qui manque à leur paupière,
Afin de contempler ce roi dont le grand nom
Semble pour eux tomber des lèvres de Memnon !

Et maintenant à vous, mon tribut poétique,
Olympe, Larissa, Thèbes, Phocide, Attique,
A vous qui succombiez sous un joug abhorré.

L'Hellène était courbé : peuple dégénéré,

Il murmurait tout bas les poëmes d'Homère ;

Mais timide orphelin qui demande sa mère

Et cherche en sa mémoire un bonheur effacé,

Comme on vit du présent, il vivait du passé.

Aux yeux de l'étranger, pour cacher sa ruine,

Il racontait encor Platée et Salamine,

Et fiers de leurs aïeux, ces esclaves chrétiens

Mesuraient le fronton de leurs temples païens.

La Grèce s'est émue au mot d'indépendance...

A l'heure du réveil finit la décadence.

Que de sang baignera les marches de l'autel

Où la Grèce à genoux attend le coup mortel !

Ainsi que la colombe expire entre les serres

De l'aigle dont la faim a redoublé l'ardeur,

La vierge se débat aux mains des janissaires

Et conserve en tombant son voile de pudeur.

Nouveaux Cadmus, les chefs frappent du pied la terre ;

De l'héroïque sol surgissent des héros,

De la mort naît la vie, — et puis le cimeterre

Se fatigue et sert mal la fureur des bourreaux.

Résiste encore un jour, un seul jour, Hellénie !

La France est là qui vient… — Regarde sur la mer,
Elle vient protéger ton culte à l'agonie,
Sauver les vieux débris des œuvres du génie,
Et défendre à la fois le Christ — et Jupiter !…

Rive de Navarin, le brûlot qui serpente
Éclaire tes rochers des lueurs du combat ;
    C'est l'Islamisme qui s'abat,
    C'est le lendemain de Lépante !

La croix a reparu sur le sommet des tours.
La France achève ailleurs sa généreuse tâche,
Et délivrant les mers d'un tribut humble et lâche,
Va jusque dans leur nid surprendre les vautours…

Partout, partout la foi remporte la victoire.
Les fils de Mahomet, comprenant leur destin,
Comme des étrangers gardent le territoire
Que la guerre jadis leur donna pour butin

IV

Les temps sont arrivés où l'Orient lui-même
Doit se régénérer dans les eaux du baptême,
Baptême de morale et d'ineffable amour
Où les peuples viendront s'épurer tour à tour.
Comme le vent au loin dans son essor emporte
Les germes précieux qu'il disperse en passant,
L'Europe, chaque jour, vers l'Orient apporte
Le généreux tribut d'un progrès tout puissant ;
Et ce feu bienfaisant que la cendre recèle
A pour se ranimer toujours une étincelle :
Tenter de l'étouffer serait un vain effort
Quand la loi du plus juste est la loi du plus fort !
De l'immobilité la doctrine est passée ;
Un pouvoir patient qui donne à sa pensée
Pour espace infini toute l'immensité
Et qui par ses bienfaits punit l'impiété,
Conduira, — couronnant son œuvre commencée, —
Les deux mondes rivaux dans un même chemin,
Eux qui ne s'étaient vus que le fer à la main !...
Des luttes du présent que notre œil se détache :
L'avenir nous réserve un horizon sans tache

Où les peuples, guidés par une sainte voix,
Iront se réunir sous les bras de la croix !

O juges souverains des destins de la terre,
Demandez à la foi cette raison austère
Que jamais n'agita le flux des passions.
Vous faites froidement des lots de nations ;
L'intérêt d'un moment occupe vos armées...
Tournez, tournez les yeux vers ces rives aimées
Que des saints du Liban la constance illustra ;
Et puisque de l'exil votre main retira
Les cendres du héros offert en hécatombe,
Réclamez, réclamez la montagne et la tombe
Où souffrit le Seigneur quand il daigna souffrir,
Où mourut le Seigneur quand il daigna mourir...
Et que se ranimant à sa source première
Dans le ciel d'Orient renaisse la lumière !

Alfred des Essarts.

IMPRIMERIE ET LITHOGRAPHIE DE MAULDE ET RENOU,
RUE BAILLEUL, 9-11, PRÈS DU LOUVRE.